# 前田珈乱詩集『風おどる』栞

山村由紀／湊圭史／王氷／堤秀成

## 壮大さを感じる一冊

――『風おどる』を読んで

山村由紀

前田珈乱さんを知ったのは、誰ともあまり話さずに、でも作品か詩の合評会だったように思う。慣れていない詩の読書会だったし、参加していた姿が印象に残っている。そんな彼が、わたしが開いている詩の読書会に参加されるようになった。ある時、会で取り上げたい詩はないかと聞いたところ、彼はさほど迷うことなく「李白」と答えたのだ。日本の近現代詩を主に取り上げている読書会なので、漢詩をリクエストされ少々面食らった。が、同時に興味が湧き、彼にレクチャーしてもらうことを条件に取り上げることにした。当日、彼のポイントを絞った解説のおかげで、参加者は五言絶句・七言絶句の詩を読み解くことができた。その時初めて彼が中国哲学を専攻していることを知ったのだった。

このたび詩集『風おどる』を読んで、彼の詩のスケールの大きさを感じている。宇宙・光・風・月・星・くに・地底、といった大きな単語がくり返し現れ、読み手はとほうもない壮大な世界を漂っている気分にさせられる。どこに足場を得てこの世界を摑めばいいのだろう？　しかし何度か読み返すうちに、その大きさは伸縮自在だということがわかってくる。彼のいう「宇宙」は空の果てにあるし自分の体内にもあるし珈琲のなかにもあり、それは優劣をつけるものではないのだ。

「宇宙の風」という詩がある。

ハートのエースは気まぐれだ。彼女は一人しかおらず、しかし数え切れないほどいる。どこのくににも、

勉強している時間に、熱心に卓球のラケットのラバーを張り替えていました。私は卓球のことはよく知りませんが、前田君曰く、良いプレイをするには「毎回ラバーを張り替えないとダメ」なのだということでした。勉強時間を削ってでも。彼がそう言うのならやめろと言っても聞かないだろうなと、放置しましたが、実際のところどうなんですか？ ラバーなんてそうしょっちゅう張り替えるものなんですか？ ねえ、前田君。本当のところは苦しい言い訳だったんじゃないの？ 正直に白状しなさい。

こういう、独特の雰囲気、自分だけの世界観を持った、一本芯の通った彼の人間性が、今回の前田君の作品の中に生きている気がします。まさしく、「こだわり」を持って言葉というものを、とことん自分の好きなように操っているように思えます。個人的に好きな作品は、「ホテル」「夏の到来」「山桜」。高校生の前田君が隣でニヤッと笑っているような気持になりました。

これからのますますのご活躍を期待しています。

（ラ・サール高校　英語科教諭）

# 風おどる

前田珈乱

第一部　天籟《てんらい》



第二部　夏の影

## 第三部　地底の舞台

# 第一部　天籟《てんらい》

## 詩というもの

矢の端にしっかと結びつけ、
つがえた弓を大きく張って、
そして私の千里先を翔ける。

# 人形

光、きらめく。
風、ゆらめく。
私、またたく間に、
幕、あわさる。

どこから来てどこへ行く？

光、またたく。
風、ゆらめく。
私、きらめく間に、
今、踊る、全力で。

## ホテル

人の生は安ホテル、
一宿求めてチェックイン。
どんな夜を過ごそうが、
チェックアウトでさようなら。

# ハイウェイ

怨恨の色より激しく、
運命の愛より真直に、
燃え盛って疾走する。

夕刻に生まれた、
夕刻にいなくなるのさ。

己らの浄化を試みる、
灯たちに朝は来ない、
この夜は現世の回廊。

## 悪女

見えざる手が鍵盤を叩く。
見え得ぬ影が舞台を動く。
見紛う美貌を逆手に握り、
見え透く嘘を真と変える。

# ハートのエース

時代の先陣を切って、
会う、
星々の鳴く音の源に。

「静かな、海は、深い」

時代の突風に逆らい、
舞う。
愛がすべてを見抜く。

## 宇宙の風

ハートのエースを御存知だろうか。

見覚えのある方もいるだろう。ハートのエースは外見上は女だ。いつも白と黒の格子模様の衣を纏っている。彼女はそれをチェスボードのドレスと自分では呼んでいる。手にはさかずきを持っている。何が入っているかは本人しか知らない。

ハートのエースは気まぐれだ。彼女は一人しかおらず、しかし数え切れないほどいる。どこのくににも、いつの時代にもハートのエースはいたが、それは彼女に言わせると全て彼女自身ということになる。風に逆らうように踊り進んでゆく姿を見かけたならば、それがハートのエースだ。

地球の空を風は吹く。同じように、地球の時をも風は吹く。その風はそよ風の時もあれば、嵐の突風の時もある。全てが風に吹かれて飛んでゆくときに、それと向き合うのは勇気のいることだ。ハートのエースはその勇気を持っている。彼女はその肢体だけを武器に風の中央に突っ込んでゆく。本人の心地はいざ知らず､見た者はハートのエースは踊っていたと語る。

「私は宇宙の風に吹かれているの」

それが、ハートのエースの持論だ。

「その風に吹かれてここまで来たのよ」

それが本当なら、彼女が地球の風と渡り合えるのもうなずける話である。だが、宇宙には本当に風などあるのだろうか。

「何言ってるの」

ハートのエースは生真面目に言う。

「私も、貴方も、その風に吹かれてるのよ。大きな者、小さな者、長い者、短い者、強い者、弱い者、仲良し、敵同士、みな風に吹かれて踊り、風がやめば踊るのをやめるのよ」

# 時空旅行

月の震動が、
私を疼かせるから、
貴方を探したの。

星の瞬きの間を縫い、
二人、
好奇の舵は原初に向けて。

月の震動が、
私を導いてゆくから、

貴方を見つけたの。

漆黒の風に帆を張り、
二人、
宇宙の中央を貫いてゆく。

## 琴線

私は私だけの琴線を追う。
星から星へと繋いでゆく。
他ならぬ貴方に見せたい、
誰も知らない異なる宇宙。

## 珈琲

黒と赤の旋回が、
こ、と、の、は、
混沌を織り成す。

見透かせぬ破壊、
き、ぬ、ぎ、ぬ、
秘められた創造。

瞬きの生まれる場所、宇、
貴方まで旅してきた、宙。

珈琲に揺られ、
珈琲に恋して。

# 第二部　夏の影

# 影

彼は夏の真ん中に一人で座り込んでいる。皆が到来した太陽の季節にはしゃいでいるのに、いったい何を考えているのだろう。

「ねえ」

私は彼に近づいて話しかけた。

「どうしてそんなに落ち込んでいるの？」

「昼には夜のことを考えるように」

俺は彼女に答えた。

「夏になると冬のことを考えてしまうんだ」

すると、彼女は不思議そうな顔をした。が、その明るい顔が見る見るうちに笑顔に変わった。

「私たち、いい友達になれそうじゃない？」

私は言った。

「何故？」

彼は初めて私の方を見て問うた。

「おなじ匂いがするもの」

私は答えた。


「出かけましょうよ」

彼女は俺の手を取って、立ち上がらせた。

「一度きりのこの夏を旅しましょう」

そうして彼女は俺を光さす方へと導いて行った。どこかでかいだような匂いがした。

## 夏

夏はジェット、
夏はコースター、
振りすぎたコーラみたい。
音を立ててはじける。

夏はジェット、
夏はコースター、
木洩れ日すらレーザー。
強烈に焼き付けられる。

# 異邦人

真昼の通りを歩く、
あの学生服の娘は、
夜の化身。
その黒髪を見よ。

真夏の通りを歩く、
あの学生服の娘は、
冬の化身。
その瞳を見よ。

# 夏の到来

列車は到着。
乗り込んだら真っ直ぐ南を目指す。
窓に映る海は橙に煌めく。
夏の到来。

レトロな駅を降りたら、
少しだけ時間が戻る。
私は私に会いに行く。
青空のしたアスファルトが続く。

## 野望

あたしは残像になりたい。
時代の鮮やかな残像に。
あたしは残像になりたい。
時代の強烈な残像に。

白黒でいいから、
綺麗でかっこ良く。

悪役でいいから、
はっきり見栄を張って。

あたしは浮上する。
人々の無意識から浮上する。
あたしは救済する。
人々の無意識を救済する。

## 独裁者

夏の夜の底。
アスファルトの熱が立ち昇る。
その熱に浮かされて、
踊る、大衆達が。

踊る、大衆達が。

刃の様に鋭いその熱は、
とても蠱惑的で危険な香り。
その気を吸い込んで、

踊る、大衆達が。

踊る、大衆達が。

# 思い出

やめて。
全てが嘘で満ちている。
まるで友達の首を、
笑いながらのこぎりで引くような。

セピア色の、
思い出なんて許さない。
思い出の色は何？
黒に決まっているでしょう？

そこは夏の夜の底。
私は一人道を歩く。
車も人もない。
ああなんていい心地。
断続する白い電灯、
影を繰り返し踊らす。

## ノイズ

電灯がまぶしい。
ここは夜、私も夜、
こんなにも静かなのに、
手をかざすほどうるさい。

夏は午前四時。

もう一人の私は、
私の十歩前を行き、
明るい笑い声をあげる。
深い正気に夜明けが匂う。

# リズム

夜明けの東の海から、
全ての終焉の様な朝陽が昇るの。

砂浜の温度が熱すぎるから、
二人裸足で小刻みにステップを踏むの。

ステップ、ステップ、スタッカート、
たとえ足跡は点に過ぎなくても、

スタンプ、スタンプ、スタイリッシュ、
いつかは連なって繋がって線となる。

だから、私たちは戦える。

## 終わりと始まり

夏の終わりの切ない風が肌をそっとなぞり、
大通りを歩く私の視界を夕陽が橙に染める。

# 第三部　地底の舞台

## 地底の舞台

わたくしの番でしょうか。地中の祠に灯が点きます。
わたくしの番でしょうか。無数の札に煙が匂います。

拍子木が鳴るのが聞こえる。では出て行きましょう。
檜舞台を踏むのです。こんとんとんとん。
こんとんとん。

その舞いに形は無く、その歩みに声はございません。

風が動く。わたくしは参ります。
くにの源が、いま、演じられます。

## 玉音

玉音が流れた。

玉音が流れた。
モンペの娘はトタンの家へと帰る。

今日から爆弾は降ってこない。
今日から逃げ回ることはない。

娘はその時は意味がよく分からなかった。
しかし、大きくなった彼女は、今はその意味を知る。

このくには負っている。
大きな苦痛の記憶と、
とてつもない安堵の記憶を。

# 転戦

ふと横を見ると、沈んでゆく陽が欠けることなく見えた。
夕刻である。
斜陽の彩が廊下を朱色に染めている。
その時、一つの風景が眼前にありありと現れた。

道場には仲間たちがたむろしている。
坐っているものもあれば、寝そべっているものもある。
夕陽が道場の中を赤々と照らし出している。
皆、何も言わずに夕陽を眺めている。

男の眼前に、現在の五稜郭の夕陽が戻って来た。
道場の仲間たちは、もう傍らにはいない。
あの時から、こうなることを知っていたような気がした。

――俺の足跡はこのくにを支えるのか、祟るのか
そう思った。
故郷が懐かしくなった。

# 夢

泰平を夢見て踊れ。
花は、ふり、ふる、
汝の眼差しのさき。

泰平を夢見て眠れ。
花は、ひら、ひら、
汝の肢体につもる。

## 現実

瞼の裏の暗闇にいくつかの火がともった。それは続々と姿を増し、大きな群れとなってこちらめがけて押し寄せてきた。

敵軍二万五千。

男は目を開けた。夜の居室の中、一つだけともした燭台には小さな火が宿っている。

自軍は五千。

男は燭台を凝視した。瞼の裏の火は、どれほど多くとも幻に過ぎない。しかし、この小さな燭台には、確かに火がともっているではないか。

男は立ち上がった。居室を出ると、隣室の明るい輝きが目に入った。まだ余裕がある。

敦盛を舞う余裕すら、ある。

## 山桜

桜の精霊がいるとすれば、どのような姿であろうか。

そう、老いている。
桜は昔から在るが、昔から老いている。声も老女のごとく、しわがれている。

しかし、その姿は若い。
いつまでも妙齢のまま、どこか寂しげに人々に微笑みかける。

僧は目をつむってみた。桜の精霊は木の傍らに立ち、黒い衣を纏い、差し伸べた手に舞い降りる花片を見つめている。

僧は目を開いた。修行のさなかに山間の岩場に囲まれた原で見つけた山桜は、変わらずに無数の花片を上から下にゆっくりと降らせている。

僧はしばし、無言でそれを見、やがて歩み始め、その横を通り過ぎた。

桜の精霊が、木の傍らで、一礼したような気がした。

## 御簾

月からすべり落ちて、
斜斜、
その斜めの視線で、
こちらを見る。

月からすべり落ちた、
写写、
全てを写す瞳。
貴方が好き。

## 一座

「あたしは踊るから、あんたは笛を吹いて頂戴」
そんな幼い約束を交わしてから、幾年過ぎたろう。

今日はこの村、明日はあの里。
女と男はこのくにを旅する。
休む間なんてない。

お公家さんの前で、
お武家さんの前で舞うこともあるけれど、
それはあたしたちの本領じゃない。

あたしたちは水のようなものさ。
この田んぼを、
この大地を、
そして、数えきれない名も無きみんなを励ますためにやっているのさ。

さあ、行こう。
今も、誰かがどこかで待っている。

## 風の男

「何をなさっておられるのです」

後ろからかかった声に、男は振り向いて笑んだ。

「風が見えるか」


「風が見えるか」

一ノ谷でも、屋島でも、男はそう問うた。

そして、勝った。

壇ノ浦。敵は必死だった。自軍の劣勢を告げる知らせが飛び込んできた。

「俺は勝つよ」

男は戦いを見守りながら答えた。

やがて、風向きが変わったのが誰の目にも明らかになった。

## 竜

その吼え声は禁じられた旋律、
その翼で飛ぶには天地の間は狭く、
鋭さは牙と爪にしかと宿れども、
その眼差しは幼い童子のごとく優しい。

# 舞松原

舞松原で会いましょう、舞松原で会いましょう。

千古の社を駆け抜けてそこは舞松原。
空は広く海は眩く砂は熱く松は高く、
私は木陰に隠れてじっと貴方を待つ。

舞松原で会いましょう、舞松原で踊りましょう。

追って追われて戯れてそこは舞松原。

遠い笛の音鼓の音は何処からだろか。
貴方となら踊り続けたい日暮れまで。

舞松原で会いましょう、舞松原で別れましょう。

何度も波が打ち寄せてそこは舞松原。
貴方の旅する海が始まるそう舞松原。
いつか必ずまたここで会いましょう。
舞松原で会いましょう。

# 月

このくにの土は、月の音で鳴く。
女王は思った。

だから、
このくにの人々も、月の音で鳴くようになるだろう。

月は鏡のようなもの。
日毎夜毎に姿を変えるけれど、
裏側は決して変わることはない。
そして、鳴く。

女王は空を見やった。

## 鎮守

二人は社の大きく濃い木立へとさしかかった。

「森ね」

娘が言った。

「鎮守の森だ」

父親が言った。

「鎮守の森」

娘はつぶやいた。

「森や木々には力があると信じられているのね」

「そうだ」

言葉を交わしながら、二人は木立の中の道へ足を進めた。

「風が鳴らす木の葉は言の葉であり言霊ね。それに関係するのかしら」

上を見上げて娘が言った。

「関係はある。ただし、それは葉であり、幹ではない」

父親が答えた。

「本質は、人間が見る自然であり、自然そのものでもある。我々は今その中にいるのだよ」

そう言って父親は足を止めた。娘も立ち止まった。

「人間の意識は、そこから出て脈々と続いてゆく。これをくにという。しかし、それはいずれもとのところに帰ってゆくものだ」

「遊びに疲れた子供たちのように、仕事を終えた大人たちのように」

娘は答えた。

「夕焼け小焼けでまた明日」


日は暮れ始めている。からすの鳴き声がどこかで響く。二人は木立の中の道を奥へ奥へと進み、やがて、見えなくなった。

あとがきにかえて

# 表現小考

最大の友、松井剛史が亡くなってから数年がたつ。私を鮑叔にたとえることができたとすれば、彼は管仲であった。彼は私よりすぐれていた。ともにこころざしや経世済民について語るのは楽しかったものだ。

平居謙先生に初めてお会いしたのはそれから半年ほどたった時である。似ている、と思った。その後先生の様々な活動にご一緒させていただくにつれ、直感は確信に変わり、松井が出会いを与えてくれたのかとも思った。

先生は娘さんをなくされている。肉親をなくしたことのない私にはその痛みは想像もつかない。私がそれを知ったのは事実から一か月ほどたった後だったが、記憶している限りその間先生は普段通り気丈だった。

死は、その人間にとってのものは、最大の凶として、映り、響く。何故なら、死はその人間の終了だからだ。人は夢を見る。死んでからの復活、死んだあとの世界。しかし、真実というか事実としては、死は終わりだ。それだけだ。

以上を踏まえて、私は己の生をやるべきことに費やすことを心に決めている。やるべきこととは、表現というものへの理解の深化である。

今、貴方がご覧になっているのは詩集だ。詩が収められている。詩は言語表現の一つとして一般には認識されている。言語表現は表現の最も代表的なものだろう。しかし、表現は具体的には非常に広い意味合いを持つ言葉だ。例えば絵画や音楽も表現であるし、ダンスも表現であるし、インテリア、料理、また勝負事によって自己表現する方もいるかもしれない。およそ感性的なアウトプットはみな表現と呼ぶことができる。

感性的なアウトプットには共通点がある。受け手からすると、好みの多様性こそあれども、そこには心地よさを感じる一定の基準がある。インテリアを例にあげよう。自分の部屋が乱雑でも構わないという人はいるかも分からないが、インテリアのショールームが乱雑であることはまずない。そして、誰もがショールームのような状況が心地よいと認める。一般的に人はととのった状況を好むからだ。他にも、音楽であればリズム、料理であれば方向性の統一など、表現には各々自律神経に該当する要素がある。

言語表現の一つ、詩、におけるそれは何だろうか。今回の詩集の多くの作品で重視したのは、その視覚的効果である。文字数、行数、句読点、また、漢字と平仮名のバランスなどに気をつかった。これらの配慮は弱点もはらんでいる。朗読映えしないことだ。恐らくこの詩集の作品を聴覚だけで受容してもそれほど情感を得ないだろう。それでも、詩がこれから淘汰されないためには必要な要素だと考えて、踏み切った面がある。

そして、それを通して得た感慨がある。日本語には非常に大きな可能性があると思う。無論、日本語ならずとも、すべての人々にとってその母国語は可能性がある。昨今、外国語の習得が声高に叫ばれるが、それ以前に母国語を使いこなすだけでも非常な鍛錬を要するのは周知のことだ。殊に日本語は、自由自在に操れば、砂粒のごとく細かい単位でもって如何なる感性的事象も具現できる可能性を秘めていると私は考えている。視覚的要素においてはよりそれを感じる。これは無論詩においても例外ではない。

『風おどる』を手に取ってくださいまして、ありがとうございます。楽しんでいただけましたでしょうか。

この詩集は言うまでもなく私だけの手によっては成りませんでした。詩の講座への入会以降長らく御指導賜っている平居謙先生、詩集のデザインを担当してくださった

K's Express様、レイアウトを担当してくださった岩佐純子様に厚く御礼申し上げます。栞には山村由紀様、湊圭史様、王氷様、堤秀成様から素敵な言葉をいただきました。また、いつも切磋琢磨する詩の仲間たち、さらに、普段私を支えてくださっている皆々様、ありがとうございます。

表現は次なる表現への前菜に過ぎません。この詩集をお読みになった皆様が、食欲を増進し、新たな文学を受容する、あるいは、新たな文学を創造することになれば、本望です。

前田珈乱

二〇一九年二月

前田珈乱詩集「風おどる」　二〇一九年五月一日　第一刷発行

著者　前田珈乱　*maeda karan*
発行者　草原詩社
京都府宇治市小倉町一一〇―五二　〒六一一―〇〇四二
発行所　株式会社　人間社
名古屋市千種区今池一―六―一三　〒四六四―〇八五〇
電話　〇五二（七三一）二一二一　FAX　〇五二（七三一）二一二二
［人間社営業部／受注センター］
名古屋市天白区井口一―一五〇四―一〇二　〒四六八―〇〇五二
電話　〇五二（八〇一）三一四四　FAX　〇五二（八〇一）三一四八
郵便振替〇〇八二〇―四―一五五四五
制作　岩佐 純子
表紙　K's Express
印刷所　株式会社　北斗プリント社

ISBN978-4-908627-42-2
定価はカバーに表示してあります。
＊乱丁本・落丁本は送料小社負担でお取り替えいたします。